Frau Gott
von
Bassima Khoury

Frau Gott
Ein satirischer Sketch

von
Bassima Khoury

Das kurze Bühnenstück in acht Akten erinnert daran, wie die Göttin
ihren grammatikalischen Status unwiederbringlich verloren hat.

Bibliografische Information der Deutschen Nationalbibliothek:
Die Deutsche Nationalbibliothek verzeichnet diese Publikation
in der Deutschen Nationalbibliografie;
detaillierte bibliografische Daten sind im Internet über
http://dnb.d-nd.de/abrufbar

Frau Gott
Ein satirischer Sketch

Cover Illustration: Bassima Khoury
Einbandgestaltung, Satz, Layout und Bildbearbeitung:
Ferial Khoury-Bec (BirdtreeBlue *concept,* France).
Schrift: Palatino Linotype

Herstellung und Verlag:
BoD – Books on Demand, Norderstedt
ISBN: 9783748109174

Meinen Schwestern

Inhalt

Frau Gott

Personen

Thea: Hübsch, graziös, jugendhaft, Kindsfrau, leicht flatterhaft, oberflächlich, treue Ehefrau und leicht schwanger. Sie blinzelt mit den Augen, oft Seitenblicke, zur Seite geneigte Kopfhaltung, singend hohe Stimme.

Theos: Hochnäsig, Macho, diktatorisch – herrschaftlich, mächtig. Kopf hoch haltend, Brustkorb nach vorne, dunkle, laute und donnernde Stimme.

Eva: Rustikal, bodenständig. Meist ernst, kann auch lustig und zynisch sein; intelligent. Feste Stimme.

Dr. Freudich: Psychoanalytiker. Seine ernste und wissenschaftliche Haltung dient dazu, seine Komplexe und seine höfische Heuchelei zu kaschieren.

Hesiod: Hofschreiber. Ein älterer, grauhaariger Herr (ev. wenige Haare, bärtig), ernst, konservativ, fleißig. Ruhige Stimme.

Euripides: Hofschreiber. Ein älterer, grauhaariger Herr (ev. wenige Haare, bärtig). Ernst, konservativ, fleißig. Ruhige Stimme

Anonymos: Ein Fremder. Offen: Wer kann dieser Fremde sein? Locker, modern, ein Mensch der Gegenwart, sportliche Erscheinung, intellektuell, Entdeckergeist, aufgeklärt, diplomatisch. Lockere Stimme.

Der Mob: Chor.

(kann): Musiker mit Leier, ggf. auch Musikgerät.

Kulisse/Bühne

Ein paradiesischer Garten: Am Horizont ein Berg, der Olymp. Der Garten ist sonnendurchflutet.
Eine antike Bibliothek: Papyrus/Pergament-Rollen (Anonymos: modernes Schreibpapier), zwei Tische, drei Stühle, Schreibblätter, Schreibkiele/-feder, Stift. Kerzen. Becher und Krug (Irdenware). Warmes Licht (flackerndes Kerzenlicht). Der Garten und die Bibliothek können gleichzeitig und nebeneinander auf einer Bühne aufgebaut werden. Zwei Säulen deuten eine Tür an.
Die Sintflut: Wellenkonstrukt, Projektion oder bemalter Karton vor der Bühne.
Geräusche: Feine Glöckchen. Vogelgezwitscher. Quietschend bremsendes Auto. Papier-rascheln. Laute Schreibgeräusche von Schreibkielen/-federn. Donner und Blitz. Wellenrauschen vom Bach / Plätschern von Wasser am Springbrunnen.

Technik

Statt einer gebauten Bühne kann eine Projektion (Beamer) den Hintergrund (Bibliothek, Garten) einbringen.

Kleidung, Accessoires

Frei. Vorstellungen der Autorin: Thea, Theos, Hesiod und Euripides treten in antikem Stil auf: lange Gewänder (Chiton, Himation). Hesiod und Euripides sind bärtige, ältere Männer mit lockigen, ungleich-langen Frisuren (Perücken). Theos ist ein zeit- und altersloser, herrschaftlicher Mann; die klassische Vorstellung mit einem Blitzbündel kann aufgenommen werden. Thea hat eine hochgesteckte, „klassisch" wirkende Frisur.
Thea, Theos: ev. auch Diadem, Blumenkranz.
Thea: ein kleines Kissen (Bauch); Beutel mit Münzen.
Hesiod, Euripides: Lorbeer- oder Efeukränze.
Eva: frei, aber kein Business-Look; Hulla-Hulla-Rock oder ähnlich. Sie trägt ständig einen Apfel auf ihrer offenen Handfläche.
Dr. Freudich: moderner Anzug, formelle Erscheinung.
Anonymos: Brille, Casual.
Der Mob: alltäglicher moderner Stil, grau.

„Frau Gott" – hä theos

Das Stück wurde ursprünglich gedacht mit alt-griechischen Namen für

Gott: hä theos (die Gott) und ho theos (der Gott). Es kann auch so aufgeführt werden. Im Sinne einer breiteren Verständlichkeit heute wurde die jetzige Namengebung mit „Frau Gott" eingesetzt.

AKT 1

Thea, Theos, Eva.
Bühnenbild: Garten. Vogelgezwitscher. Feines Glöckchenspiel. Göttin Thea,
mit schwangerem Bauch stolzierend; Gott Theos flaniert hinterher; zuletzt,
Eva mit Apfel.

Theos (*erstaunt, schaut auf Theas Bauch*)
WER WAR DAS, THEA (*schreiend*), meine Holde Maid, Mutter all
meiner Kinder (*kleinlaut*)? Ich war's jedenfalls NICHT!

Thea (*kokettierend, ihren Bauch streichelnd*)
Oh doch, mein Liebster! Es ist von dir. Wer besitzt sonst einen
goldenen Phallus? Huch!

Eva (*herein-flatternd – geheimnistuerisch, halb flüsternd*)
Wer denn wohl, Thea? Osiris, meine Liebste! Kennst du die
Geschichte seines Schicksals nicht?

Thea
Außerdem sind deine Kinder auch meine, oder nicht? (*knatschig*)

Theos (*hat Evas Geflüster gehört*)
Wer oder was ist denn Osiris, und was möchtest du damit andeuten,
Eva?

Eva (*eine Ausrede suchend*)
Ach - oh. Ich muss zu Dr. Freudich gehen und ihn etwas fragen. (*sich
weg drehend, flüchtend, kommt aber wieder zurück*).
Warte noch, Theos. Die „Holde Maid", da muss ich doch lachen. Ich
glaube nicht an dieses Männer-orientierte Geplapper und ähnliche
Hirngespinste. Ich soll die Ur-Mutter sein, die „Große Mutter" –
grauenvoll, das hört sich ja an wie Mutter - Erde! Und Thea, die

oberste Götter-Gattin im Pantheon, soll als ewige Maid vom Dienst gehuldigt werden. Dieses Geschwätz, nur Modeworte! Mir reicht es. „Frau" ist gar nicht kultisch. „Frau" ist bedeutend, aber nicht kultisch. Deswegen suche ich jetzt Rat beim Experten.

Theos (*Eva anstarrend*)
Und WER ist dieser Dr. Experte bitte?

Eva (*jauchzend, sauer über seine Unwissenheit*)
Dr. Freudich ist ein weltberühmter Fachmann, ein Psychoanalytiker! Er denkt theoretisch über das Sein nach. (*Eva tritt geschwind ab*).

Thea (*flatternde Stimme, affektiert*)
Ach, Eva ist so bodenständig und weiß immer Rat!

Theos
Rat? Was für ein Rat soll das sein? Ich dachte, Eva bemüht sich um einen Doktor, einen Arzt! Brauchst du keinen Spezialisten, der sich um die gesunde Entwicklung des Embryos kümmert?
Ich glaub', ich hör' nicht richtig!
Eva, unsere Angeberin! Sie schleppt ununterbrochen den Apfel der Erkenntnis mit sich herum, ja: der Erkenntnis! Wozu braucht sie dann Rat von einem, ... ähm…, von einem, … ähm..., wie hieß der noch? Ein Psycho-ana-ly-analytker? Erklär mir das mal!

Thea
Schimpf bitte nicht über meine beste Freundin! Sie ist eben anders als wir Göttlichen, sie ist eben human. Darüber hinaus trägt sie den wichtigsten Titel der Menschheit, sie wird als „DER ERSTE MENSCH" deklariert. (*nachdenklich*) Hmm, als erste Menschin! Nee – es fehlt der feminine Artikel. Die erste Menschin. Sie weiß mehr als andere, weil sie beteiligt war an der Entstehung von allem Menschlichen, dem Werden des menschlichen Seins. Sie, die

Erneuerin des Lebens, hat die ersten Menschenkinder auf die Welt gesetzt. Zahlreiche.

Theos (*lacht laut und herzhaft*)
Haha, das ich nicht lache! Die Erneuerer des Kosmos, das sind nur wir, die unnahbaren Götter. Unsere unsterblichen Kinder verhungern ganz und gar nicht! Im Gegensatz zu Evas pots-tausend Kindern und ihren Nachkommen, die allmählich die Milliarden erreicht haben. Die meisten haben nichts zu beißen. (*Höhnisch*) Deine Freundin Eva sieht mit ihrem Apfel aus wie Pandora mit der Büchse. Nur ist Evas Büchse so rund und so hohl. Pandora die Erste! Eva die Erste! Papperlapapp! (*Hahaha*), ich habe ihre Geschichte anders in Erinnerung! Eva soll aus allen Rippen gefallen sein (*lacht boshaft*). Das hat sich irgendeiner genauso für die Nachwelt ausgedacht und niedergeschrieben. Derjenige hatte offensichtlich keine gute Meinung über Eva. Sie soll dabei auch mit einer Schlange geflirtet haben (*kichert*), Mann, Mann, Mann, … Mein lieber Schwan!

Thea (*vehement, Theos ins Wort fallend*)
Das sind nur Gerüchte aus der Männerschublade – so sagt Eva immer! Sei du still! Da kommt Eva wieder (*vernehmlich wispernd, flehend*).

Theos
Ja, ich sehe sie daher stolzieren, zusammen mit einer mir unbekannten Gattung in seltsamen dunklen Beinkleidern. (*zum Publikum gewandt, laut*). Von wegen „Apfel der Erkenntnis"! Hahaha. (*lacht laut, hinterhältig*).

AKT 2

Thea, Theos, später: Eva, Dr. Freudich.
Bühnenbild: der Garten; kurzes Vogelgezwitscher.

Thea (*mit Elan, neugierig*)
Na Eva, welche neuen Erkenntnisse bringst du uns?

Theos (*zynisch, snobistisch*)
Frag eher, wie viele hungrige Menschenkinder sie auf die Welt
gebracht hat, Eva, unsere Erneuerin des Kosmos!

Eva (*mürrisch*)
Hast du dich über mich lustig gemacht, Theos? Von einem goldenen
Phallus kannst DU nur träumen!

Theos (*empört, wütend*)
Was sagst du da? Ich bin nicht der mit dem goldenen Phallus? Wenn
ich es nicht war, WER WAR ES dann? Verdammt nochmal!

Eva
Hier, ich habe jemanden mitgebracht. Komm näher, Dr. Freudich,
sei doch nicht so scheu! (*kaschiert ihr leises Kichern hinter vorgehaltener
Hand*).

*Der Psychoanalytiker kommt auf die Bühne, demütig und bückend vor den
beiden Göttern.*

Dr. Freudich (*ehrfurchtsvoll, leicht zitternd, gebückt, in dieser Haltung
verharrend*)
Freudich ist mein Name. Seid gegrüßt, hohe Götter! Ich fühle mich
hoch geehrt, an Ihrer Audienz teilnehmen zu dürfen!

Thea (*nicht geschmeichelt*)
Hohe Götter? Nur? Leider muss ich dich Erdenbewohner korrigieren:
Kannst du nicht unterscheiden zwischen Femininum und
Maskulinum? Hohe Göttin und Hoher Gott? Stell dich endlich gerade
hin, dann kannst du vielleicht die Feinheiten erkennen!

Dr. Freudich (*schmeichlerisch*)
Äh, ….. ‚tschuldigen Sie, ehrfürchtige Thea. Lieber blicke ich Euch
nicht ins Antlitz, denn das bedeutet für mich das Ende meines
niedrigen Daseins! Eure göttliche Schönheit ist für uns Sterblichen
fatal. Mich trifft sonst ein Blitz direkt in den Nacken! (*bibbernd*).

Theos
Hör auf zu gurren, du Wurm – du Elender! Pah! (*sich ekelnd*). Ich habe
mir deinen unwerten Namen nicht merken können. Wie heißt du
noch mal? Du bist ein Psycho- ähm- ?

Dr. Freudich
Freudich, mit rollendem R und Betonung auf der ersten Silbe:
„FRRReud"! Ich bin Psychoanalytiker von Beruf und kein Psycho-
Ähm, wenn ich Euer Hochwohlgeboren korrigieren darf! (*leise
wimmernd*).

Theos
„Räudisch", wie die Räude? Du absurder Mensch!

Dr. Freudich (*räuspert sich; verbeugt sich noch tiefer*)
Angenehm!

Eva (*zum Analytiker*)
Nun rede doch endlich! Erkläre den Beiden, was du mir vorhin über
das Phallussymbol berichtet hast.

Dr. Freudich
Genau! Dieses Thema ist attraktiv und sehr aufschlussreich für die Fachwelt.

Thea (*redet dazwischen, schwärmend*)
Attraktiv! Oh, endlich nehme ich heute erfreuliches Gedöööns wahr!

Dr. Freudich
Darf ich weiter sprechen? Es handelt sich im Wesentlichen um das „Being" und das „Having".

Theos
Hä, was soll das? Haben oder nicht haben!

Dr. Freudich
Sein oder Haben.

Theos (*ungeduldig*)
Langsam werde ich plem-plem, was ist das jetzt schon wieder?! Wie wär's mit „TO BE OR NOT TO BE"? Hä? Und, was hat dieses langweilige, unnütze Gerede mit meiner ursprünglichen Frage zu tun, nämlich, WER WAR ES?

Dr Freudich (*lenkt ab*)
„Being" oder „Having" bedeutet in meiner Wissenschaft: entweder du BIST es oder du HAST es! Um deutlicher zu werden: entweder du BIST das Phallussymbol oder du HAST einen Phallus. Also ist das Weibchen das besagte Symbol, und das Männchen ... naja, (*kratzt seinen wirren Schopf*) der Mann hat es, die Frau nicht, also ist die Frau das „being", das Phallussymbol!

Thea (*falsch lobend, Augenlider bebend*)
Ein wahrer Philosoph! Eine bemerkenswert logische Folgerung!

Theos (*vor Wut kochend; Dr. Freudich anbrüllend*)

Du hast sie oder du hast sie nicht mehr alle! (*mit dem Finger auf die Stirn zeigend*)

Eva und Thea kichern.

Dr. Freudich (*verunsichert, Fassung wahrend*)
Darf ich weiter erklären? Ich bin noch nicht fertig.

Theos, Thea und Eva warten gespannt ab, sie starren Dr. Freudich an.

Dr. Freudich
Der Mann besitzt den Phallus, folglich ist die Frau das Symbol, ähm, das Phallussymbol!

Eva und Thea kichern dieses Mal umso lauter.

Theos (*Lachanfall*)
Oh helft mir, ich platzte vor Lachen, ich halte es nicht mehr aus!

Eva (*lachend*)
Theos, du hast mich mit deinem Lachen angesteckt! Meine Hand bebt! Mein Apfel darf nicht herunterfallen.

Thea (*lachend, stotternd*)
Diese Einbildungskraft! Grra-, grauen-, grauenvoll.

Theos (*schreit wütend und zeigt auf dem Analytiker*)
RAUS! Du Erbärmlicher! RAUS! RAUS! Raus!

Freudich flieht.

Eva (*genervt, zum Publikum*)
Also doch. Dieser Dr. Freudich ist ein Reinfall! Lieber frage ich den Apfel der Erkenntnis als diese Männerschublade zu öffnen! Welch große Enttäuschung! NIE WIEDER!

AKT 3

Theos, Hesiod, Euripides
Theos steht. Die beiden anderen sitzen und schreiben.
Bibliothek: Tische, Stühle, Schreibfeder und Papierrollen, Kerzen, Krug, zwei Becher,
Regal mit Schriftrollen im Hintergrund. Geräusche: Schreibfeder auf Papier, bremsendes Auto.

Theos (*kommt herein gestürmt – noch aufgeregt; sehr selbstbewusst*)
Männer! Meine sterblichen Hofschreiber! Du, Hesiod, und du, Euripides! Schreibt in meinem Sinne! Erzählt der Nachwelt alles! Schreibt über die Geschichte der Götter! Schreibt über MICH, Theos! Theos, der Blablabla … und so weiter und so fort …, und immer weiter schreiben. (*auf seine Brust klopfend*).

Hesiod (*mit der Feder kritzelnd*)
Klar, das mache ich, mein oberster Gebieter. In deinem Sinne, mein Göttlicher. Aber, was ist mit Thea? Die können wir nicht ignorieren. Das feminine System der Göttinnen steht im Zusammenhang mit den männlichen Göttern. Theos kann Thea nicht ersetzen.

Euripides (*flüstert Hesiod ins Ohr*)
Oder doch?

Theos (*wütend*)
Ich krieg' die Krise! Dieser Phallus-Analytiker Dr. Räudieschen reicht mir für heute! Mach aus Thea, von mir aus, das Symbol; besser gesagt, das Symbol des Maskulinums! Ich glaube meine eigenen Worte nicht mehr! Diese Sterblichen verursachen nur Kopfweh und Raserei! Das ist doch krank. Ungeheuerlich!

Hesiod und Euripides staunend

9

Euripides (*unterwürfig*)
Theos! Ich denke, ich habe eine gute Lösung!

Theos
Das will ich hoffen! Sonst verbanne ich euch zusammen mit diesem
Quacksalber, diesem Dr. Psycho-dingsda! Ich werde euch Lakaien
aufs Land schicken, die Ziegen zu hüten.

Euripides
Lieber Theos! So kann man sich gar nicht konzentrieren! Unter
solchem Druck kann ich nicht denken, nicht gut formulieren! Herr,
Sie drängen darauf, dass Hesiod und ich für Sie die Welt nach Ihrem
durchlauchten Geschmack so beschreiben sollen, so wie Sie es
wünschen. Das können wir! – Ach, jetzt verliere ich schon den Faden.
Das ist wahrhaftig eine äußerst schwere Aufgabe.

Hesiod
Lieber Kollege, bitte rückwärts denken! Sonst verirrst du dich in
deinem verwirrenden Labyrinth. Was für ein Drama, wenn es so
wäre!

Euripides
Ich hab's wieder! Thea wird HÄ THEOS – der Begriff „Theos"
grammatisch markiert mit einem femininen Artikel.

Hesiod (*murmelnd*)
Paradox.

Euripides
Ich füge der Einfachheit halber einen weiblichen Artikel, das
altgriechische hä, vor das Wort Theos ein; so machen wir aus ihr den
SIE-Gott, oder den DIE-Gott, statt der DIE-Göttin. Das passt zum
Symbolischen, das weibliche Symbol für das Maskuline! Damit ist das

leidige Problem ein für alle Mal gelöst! (*beginnt zu schreiben*).

Theos (*genervt und schrill; Arme hoch gehoben*)
Aber, … aber...! Bitte nicht zu offensiv! Das geht zu weit! So schlimm habe ich das doch nicht gemeint! Oh weh! Denkt an die trächtige und wohlgeformte Damenwelt mit ihren wohl betonten Körperteilen! Das ist schon mehr als nur ein Symbol, und, bitte denkt auch an meine Thea, meine Gattin, die Muttergöttin! Wir wollen sie nicht beleidigen!

Euripides und Hesiod arbeiten fortan sehr konzentriert, ihre Köpfe sind über die Papierrollen gesenkt. Sie vergessen Theos Existenz im Raum.

Hesiod (*schreibend, kritzelnd*)
Hä Theos, das Feminine war für unsereins immer kultisch gedacht, sie ist per se das Symbol. Theos ist dann Ho Theos, mit dem männlichen Artikel ho, er ist DER Gott. Das Paar heißt demnach Ho Theos und Hä Theos. Was meinst du, Euripides, mein alter Kumpel?

Theos ist sprachlos und sein Kopf wendet sich hektisch von einem Schreiber zum anderen; seine Haltung: als ob er Alarm schlagen will.

Euripides (*kritzelnd, redend*)
Gute Lösung, kluger Hesiod! Die femininen Eigenschaften der Göttinnen vermischen wir mit den männlichen Eigenschaften der Götter. Das merkt doch eh keiner!

Theos (*jammernd, laut*)
Auweia! Entsetzlich! Das wird Thea gar nicht gefallen. Ich verschwinde, das hier hält doch keiner aus. Blitz und Donnerkeil! Taaaxi! TAXI! (*Schaut hinter den Vorhang – ein Auto bremst quietschend*). Los, fahr mich zum Palast auf den Olymp, Pfirsich-Allee Nr. 1. - Avanti, du Diesel-Eimer!
(*Theos verschwindet hinter dem Vorhang. Man hört ihn fluchen, seine*

Stimme entfernt sich). Verflucht nochmal, Pest und Schierlingssud! Ihr sollt in der Hölle schmoren, wo ihr euch den Kopf über euer Sein und euer Nicht-Sein zerbrechen könnt!

Die beiden Männer hören die Schelte, sie blicken sehr langsam hoch und schreiben dann unbeeindruckt weiter. Kurzes Verdunkeln. Licht.

AKT 4

Hesiod, Euripides
Bibliothek, wie Akt 3.
Beide Schreiber trinken aus ihren Bechern. Hesiod geht zum Regal, bevor er
weiterschreibt.

Hesiod (*zeigt auf die Literatur im Regal*)
Euripides, wir müssen diese antiquierten und verstaubten
Geschichten bearbeiten, also aktualisieren; ein Update ist wirklich
überfällig.

Euripides
Zu viele Auslaufmodelle, Relikte unserer Vorfahren. Wie wäre es mit
einer neuen Rechtschreibung?

Hesiod (*nachdenklich; setzt sich mit einer Rolle aus dem Regal am*
Schreibtisch hin)
Nichts dagegen! (*stöhnend*)
Mein Vorfahre, Hesiod der Ältere, hat seinerzeit am allermeisten
über die Götter geschrieben. Schauen wir dort mal die Merkmale
der Göttinnen an (*liest*). Eigentlich sind es die Göttinnen, die die
Götterwelt lebhaft machen. Aber eine Göttin ist keine Frau, kein
Mensch, sie ist als Unsterbliche erkennbar. Deswegen müssen wir die
menschlichen Eigenschaften abändern, tilgen, löschen. Das Göttliche
ist wichtiger als diese gängigen weiblichen Attribute. (*knobelnd,*
vertieft)
Athene, hmmm. Schauen wir mal, was wir da machen können.
Athene wird eine sexlose Jungfrau. Sie ist Ares gleich und kämpft wie
ein Mann. Oh ja! Sie wird die sexlose Karrieristin!

Euripides
Aber sie hat doch einen Jungen geboren und hat ihn großgezogen!

13

Wie soll das jetzt funktionieren? Das wird echt schwierig jetzt! Wie kann eine sexlose Jungfrau ein Kind gebären?

Hesiod
Quatsch! (*in seinen Gedanken gestört*).
Tja. Der schmuddelige Hephaistos hat ihr nachgestellt, sie gestalkt, kam aber nicht nahe genug an sie heran und musste letztendlich den Erdboden befruchten. Das Paradoxe wird siegen! (*reibt sich die Hände, breites Grinsen*). Die Mythologie entpuppt sich als erzieherisches Werkzeug für die Menschheit. Gar nicht schlecht. Wir kreieren somit die für die männliche Welt optimierte Jungfrau-Frau.

Euripides
Ausgezeichnet! Eine jungfräuliche Mutter, deren Kind aus der Erde entspringt. Dann muss diese Sexlose auch anders auf die Welt gekommen sein. Wie das denn?

Hesiod
Genauuuu. Da habe ich eine gute Idee (*kritzelt*): sie entspringt dem Kopf ihres Vaters! So einfach ist das! Jetzt kommt Artemis dran. Die liebestolle Jägerin darf nicht mehr Tränen weinen. Weinen ist eine feminine und menschliche Eigenschaft. Sie wird keine weibliche Träne mehr für ihre stets sterbenden menschlichen Schützlinge vergießen. Selbst schuld. Wer ihre Göttlichkeit erkennt, ist verdammt. Ende. Wie ein Blitzschlag!

(*Kritzelt weiter*).

Euripides
Theos Gattin mutiert ebenso, aus ihr machen wir die zänkische Jungfrau-Mutter!

Hesiod (*kritzelt schneller*).

Alle weiblichen Eigenschaften werden ausradiert (*durchstreicht die ältere Rolle kreuz und quer; starkes Geräusch*). Aus Artemis mache ich ein kinderloses, nicht-weinendes Neutrum. Mit anderen Worten, die Göttinnen – ähhmm – alle weiblichen Götter dürfen nicht mehr weinen. Oh meine liebe Hä Theo! (*lästernder Tonfall*).

Euripides
Fabelhaft! Am Ende bleibt nur das Wort Gott, egal ob mit den Artikeln „die" oder „der" (*lacht*). Wir schreiben Geschichte und verändern nur die grammatikalischen Feinheiten, mein Freund! Hurra! Was immer wir aufschreiben, werden wahrhaftig alle Menschen glauben! (*kichert*).

Hesiod (*jauchzend*)
Ja! Wir schreiben nicht einfach Geschichte, wir produzieren die ultimative Sensation!

Euripides (*verblüfft*)
Was für ein Kuriosum! Die Existenz der Göttinnen, die komplexe Vielfalt, das den Menschen ähnliche Geflecht der Geschlechter und ihre Geschichten, das alles so kompliziert macht, wird von einem einzigen ER-Gott unterbrochen – Cut, Schnitt – das ist letztendlich für die Menschheit viel leichter zu verstehen!

Hesiod (*schreibt konzentriert*)
Humpffff. Das mag sein! Ein einziger Gott, habe ich das richtig verstanden?

Euripides (*schaut auf Hesiods Skript*)
Moment mal, haben wir etwas übersehen?

Hesiod
Sprich, Euripides!

Euripides (*und stöbert im Regal, erschrocken*)
Ach herrje! Athene und Hephaistos sind doch beide Kinder des Zeus!
Das geht nicht. Das ist Inzucht!

Hesiod
Oh, das stimmt. Na-ja. Das nennt man in der Biologie die absolute
Genkontrolle!

Euripides
Es gibt Gerüchte, dass der ägyptische Pharao sich gottähnlich
verhalte. Um seine Hoheit zu legitimieren, throne „Frau Schwester"
neben ihm; nur sog. Gottkinder dürften regieren. Eine Gen-
Vermischung mit der Peripherie gelte dort als sinn- und zwecklos.

Hesiod
Fang bloß nicht an mit diesem ferngelenkten Marionetten-Theater der
Amons, Ra's und der Horusse! (*cholerisch; versinkt dann im Stuhl, seine
Beine über einander schlagend*).
Merkt doch eh keiner, was wir gerade draus machen. Im Grunde
genommen geht es hier um die Symbolik, das Symbol vom Dr. Raudi?
Radieschen? Es geht um „Haben oder Sein". Außerdem versuchen
wir nebenbei die Herrschaft der Urmutter zu beugen.

AKT 5

Hesiod, Euripides, Anonymos.
Bibliothek. Anonymos nimmt am 2. Tisch Platz. Er setzt seine Lesebrille auf,
legt einen Stapel A4-Blätter auf dem Tisch.
Die auf ihre Arbeit konzentrierten Schreiber merken zunächst nichts. Sie
werden auf den Neuankömmling erst langsam und leicht begriffsstutzig
aufmerksam. Sie mustern ihn von Kopf bis Fuß.

Anonymos (*schaut um sich*)
Endlich finde ich nach langer Suche die richtige Bibliothek!

Euripides (*musternd*)
Wer bist du und woher kommst du? Du bist neu hier!

Anonymos (*klar und deutlich*)
Nennt mich Anonymos, denn ich möchte meinen Namen nicht
preisgeben. Ich bin nicht erklärungspflichtig.

Euripides (*verblüfft*)
Wie das?

Anonymos
Lasst mich in Ruhe arbeiten. Niemand darf wissen, dass ich hier bin.
Als Autor hat man es bisweilen nicht leicht.

Hesiod
Du brauchst einen göttlichen Beschützer. Hast du einen an deiner
Seite?

Anonymos
Ich glaube nicht an derartigen Kram. (*Augen rollend*).

Euripides
Wie soll man das verstehen?

Anonymos
Themenwechsel bitte. (*genervt*). Ich recherchiere die Themen und suche verzweifelt nach Originalliteratur aus der Antike, bevor ich meine Texte schreibe und Fiktion daraus mache. Deswegen bin ich in dieser antiken Bibliothek gelandet. Und wer seid ihr?

Hesiod (*wichtigtuerisch*)
Wir stehen im Dienste des Theos und sollen unsere antiquierte Geschichte neu schreiben. Wir haben einen wichtigen Auftrag zu erledigen.

Euripides (*ganz beiläufig*)
Wir schreiben die Geschichte um. Wir versenken die weiblichen Attribute der Göttinnen in die Tiefe. Die Götterwelt ist das Vorbild für die menschliche Gesellschaft, an den Göttern sollen sie sich orientieren. (*hebt seinen Zeigefinger, wie ein strenger Lehrer*).

Anonymos (*kritischer Blick*)
Und ich hole in meinem Manuskript eine historische Göttin aus ihrer tiefsten Versenkung heraus. Wir arbeiten entgegengesetzt.

Euripides (*neugierig geworden*)
Eine historische Göttin?

Hesiod (*interessiert*)
Wie gehst du vor?

Anonymos (*atmet auf*)
Das ist der Grund, warum ich von vielen gehasst werde und warum ich mich verstecken muss. Irgendwer hat die Göttin in der Vergangenheit versenkt – ja genau: versenkt! Ihr Name wurde

geändert und in einen Männernamen umgewandelt, ihr Tempel wurde zum Tempel eines männlichen Gottes umfunktioniert. Die Sache ist in Vergessenheit geraten, weil die Informationen ausradiert wurden. Ich suche die jahrhundertealten Schriften der Schreiber, die ihr Zeitgeschehen akribisch notiert hatten. Die Gegebenheiten webe ich in meinen fiktiven Roman ein. In meinem Roman lebt diese Versunkene wieder auf.

Euripides und Hesiod laufen flugs zum Tisch von Anonymos rüber und greifen nach seinen Blättern – sie betrachten seine Aufzeichnungen sehr neugierig. Sie lesen und lesen. Gelesene Blätter fallen links und rechts aus ihren Händen.

Hesiod und Euripides (*sprechen abwechselnd, durcheinander, chaotisch*):

Hesiod (*mit „großen Augen"*)
Aber, … aber! Was lese ich da? Die weibliche Endung „a" wurde einst entfernt – nur ein stimmloser Konsonant blieb übrig. Ohne hä und ohne ho! Wie einfach! Welche Sprache ist das? (*Euripides und Hesiod machen große Augen*).

Euripides (*panisch*)
Kein Wunder, dass er unbeliebt ist. Genau entgegengesetzt! Wir lassen sie grammatikalisch untergehen und er hebt sie hoch!

Hesiod
Das darf nicht sein. Was wir hier tun, soll nicht völlig umsonst sein! Euripides! Weiter machen! Wir lassen uns nicht aus dem Konzept bringen. Nimm einen schwarzen Marker und lösche, was du löschen kannst.

Anonymos arbeitet fleißig an seinem Tisch. Hesiod und Euripides lauern neugierig und hinterhältig weiter. Kurze Verdunklung. Licht.

AKT 6

Eva, Thea, Theos; später: Anonymos; am Schluss: Hesiod, Euripides. Bibliothek, daneben der Garten. Das Papier und die Rollen liegen offen auf den Tischen.

Eva (*geht zum Tisch und betrachtet das Geschriebene und erschrickt*)
Thea! Komm schnell! Sieh dir das mal an!

Thea (*entsetzt*)
Oh nein, wie schrecklich! Das Feminine wird uns Göttinnen aberkannt. Das kann nur die mentale Ausgeburt eines Sterblichen sein! Die Grammatik stimmt gar nicht mehr! Ich soll eine „Frau Gott" sein! Ich möchte gerne wissen, wer diesen Unfug geschrieben hat! Welch eine Schmach!

Theos (*keck*)
Ich bin perplex.

Eva (*pikiert, fauchend*)
Thea. Du hast es auf den Punkt gebracht! Die Handschrift eines Er-s. Tttssstttsss ... Naha, da haben wir schon wieder diese Männerschublade! Wir werden zum Symbol des Habenden degradiert.

Theos (*plustert sich auf, geht zum Tisch, kontrolliert die Texte*)
Hmmm, das gefällt mir sehr. Famos! Meine Schreiber sind genial!

Thea (*sarkastisch*)
Auch du Brutus?

Theos (*vergnügt*)
Auch ich, meine Liebe!

Thea
Verräter! Wie soll ich dich noch lieb haben?

Theos (*bissig*)
Ich bin kein Verräter. Wer hat hier den Partner verraten! Du sagst mir immer noch nicht, wer es war! (*zeigt auf ihrem Bauch*).

Eva
Die göttliche Schwangerschaft zerbricht ihm den Kopf. Ihr eifersüchtigen Göttergatten seid doch alle gleich. (*liest in den Texten*). Genkontrolle? Die Selbstverwirklichung schafft er erst nach der Metamorphose; er wandelt sich zwischendurch in einen Schwan? (*lacht*). Ich werd' verrückt! Das sind Hirngespinste! Thea, kam nachts ein Schwan zu dir ans Bett? (*höhnisch lachend*).

Thea (*perplex*)
Huch…!

Eva (*liest konzentriert weiter*)
Schaut her! (*amüsiert, zynisch*). Der Schreiber, dieser Affe, hat sonderlich Nettes über Thea geschrieben. Außergewöhnlich.

Thea (*interessiert, näher kommend*)
Wirklich? Zeig mal!

Eva
Die Sexlose gebiert jungfräulich ein Kind! Wurden diese Schreiberlinge noch nie in Anatomie unterrichtet?

Theos (*wütend, laut*)
Die erzählen uns 'was vom Storch!!!

Eva und Thea kichern lang anhaltend hinter vorgehaltenen Handflächen.

Eva (*kichernd*)
Du meinst „... sie erzählen uns was vom Schwan"!

Theos
Das REICHT! Ich platze gleich vor Wut! Mir kommen Blitz und
Donner.

Thea (*besorgt*)
Schatz, beruhige dich doch!

*Ein Musiker schwebt mit einer Leier vorbei, um die Gemüter etwas zu
beruhigen – zarte Töne klingen – er schwebt davon. (oder: spielende Leier im
Hintergrund).*

*Anonymos samt Papierkram spaziert herein, er setzt sich an seinen Tisch. Er
beobachtet kritisch die angespannte Gruppe, sagt aber nichts.*

Eva (*flüsternd*)
Ein Fremder! Komm, wir unterhalten uns weiter im Garten.

*Hochnäsig stolzierend und pikiert, verlassen die drei die Bibliothek. Beim
Hinausgehen reden sie weiter.*

Theos (*ist nicht zu Scherzen aufgelegt*)
Ich habe keine Lust mehr, irgendetwas über diesen irdischen Quatsch
zu hören!

Eva
Dann hör endlich damit auf, Thea mit irdischen Fragen zu nerven!
Wer war's und so weiter! (*weist auf Theas Bauch*).

Thea
Theos, du selbst hast diese blödsinnigen Sterblichen beauftragt. Das

Geschriebene wird in allen Geschichtsbüchern erscheinen! Vor Scham versinke ich in Grund und Boden.

Eva
Meinen guten Ruf haben die Menschen mit ihrem Gekritzel bereits ruiniert. Ich soll ein Rippenstück vom Manne sein, und eine diabolische Verbündete obendrein. Diese Anschuldigungen fand man auf einer Schriftrolle, die in einem Tonkrug versteckt war. So ein undankbares Volk!

Thea weint laut... Huhuhu...!

Theos (*schimpfend*)
Was muss man noch alles ertragen! Zuerst der Analytiker und dann die Schreiber, die mich ziemlich enttäuscht haben. Die Vorstellungswelt der Menschen ist unheilbar krank! Das ist Wahnsinn! Meine Frau, die wichtigste Göttin des Pantheons! Jetzt soll sie FRAU GOTT werden? Ich glaube, ich kriege die Krise! Es ist wahrhaftig ernst, bitter ernst. Ich wollte doch nur ein wenig Schabernack treiben, weil ich mich über diesen Dr. Räudisch geärgert habe.

Thea heult noch lauter.

Eva (*bitter*)
„Madame Gott" und „Mademoiselle Gott"? Oh ich ahne, bald ist das Madame auch nicht mehr auf dem Papier!

Theos (*zu Thea*)
Meine liebste Thea, ich flehe dich an, hör bitte mit dem Weinen auf! Lass dich nicht von diesen Dingen stören! Alles nur Papperlapapp! (*brüllend:*) Angeblich können Göttinnen gar nicht weinen! Diese Herren werde ich aus der Bibliothek verbannen! Die Menschen

werden von uns nie wieder hören! NIE WIEDER!

Hesiod und Euripides spazieren herein und wollen zum Tisch.

Theos
Hinaus! Ihr seid ausgebürgert – verbannt! Fort mit euch! Ich
hole gleich die Donnerkeile! (*geht auf sie los*). Das nennt man
Geschichtsschreibung? Ihr habt nur euren eigenen Senf in den Pott
geworfen! Das will keiner lesen!

Hesiod (*flüchtend*)
Komm, Euripides, geschwind! Lass alles liegen!

Euripides (*stolpert hinterher*)
Hiilfffe! Gib Rückendeckung!

Hesiod (*atemlos*)
Wie denn? Womit denn?

Euripides (*hysterisch*)
Was für ein Drama!

Theos rennt ihnen nach.

Thea (*spöttisch*)
Da habt ihr 30 Silberlinge für eure entsetzlichen Bemühungen!

*Thea wirft ihnen die Münzen hinterher – sie kullern über den Boden. Aber
beide fliehen, ohne sie aufzuheben. Anonymos beobachtet belustigt das
Geschehen.*

Eva (*laut hinterher rufend*)
Und ich soll höchstens ein abgetrennter Teil eines Gerippes sein. Ich

bin kein Symbol, sondern nur dessen Hauch?

Zum Publikum gerichtet: Eva nimmt ihren Apfel in den Mund und beißt vor Frust hinein.

Eva
Arggghhhhhh!

Akustisches Ereignis: schimpfender Theos im Hintergrund; laut krachender Donner und Blitze.
Finsternis.

AKT 7

Anonymos, Hesiod, Euripides.
Bibliothek, Anonymos sitzt noch an seinem Platz; Donner, Blitze,
Wasserrauschen.

Donnergetöse und leises Wasserrauschen im Hintergrund. Hesiod und
Euripides stürmen triefend nass in die Bibliothek herein.

Hesiod (*hektisch*)
Fremder, rette die Welt, wir versinken in den Fluten!

Euripides
Das Orakel hat Recht – das ist die zweite Sintflut!

Anonymos (*lacht amüsiert*)
Von wegen Sintflut! Der Klimawandel macht uns zu schaffen. Wenn
euch euer wütender Herr hier erwischt, ihr Exilanten. Wieso kommt
ihr zurück?

Euripides
Niemand wollte uns Asyl gewähren, bis wir auf Berg Pathos
gestrandet sind. Wir erhielten dort sogar den Auftrag eine anständige
Bibliothek aufzubauen. Aber als diese Katzen-Phobiker hörten,
dass ich die Liebesgeschichte der Artemis und ihres sterbenden
menschlichen Verehrers namens Hyppolilis auf der heiligen
Halbinsel weiterschreiben wollte, hat man uns beide wieder ins Meer
geworfen. Nur Katergeschichten werden auf Pathos gebilligt, - ohne
Wenn und Aber - !

Anonymos
So ein Pech!

Hesiod
Rette uns, rette die Welt! Du wolltest deine Göttin wieder aus der Versenkung holen! Bitte mache das schnell! Du musst unsere Fehler korrigieren! Sonst ist auf Erden die Hölle los!

Euripides
Die Götter rächen sich, Frau Gott und Herr Gott, Thea und Theos sind wütend.

Anonymos
Ich glaube, ihr spinnt! Ich möchte meinen Text in Ruhe zu Ende schreiben. Diese vergessene Göttin, über die ich arbeite, ist nur ein Mythos, an den die Menschen damals geglaubt haben. Tatsache ist, dass diese Menschen ihre göttlichen Symbole aus dem Tempel dieser Göttin verbannt hatten. Seitdem - und bis heute - wird dort ein männlicher Gott verehrt. Ihr Name wurde maskulinisiert. Dennoch sind alle Mythen nur reine Dichtung. Wer glaubt denn an so etwas? Was ist nur los mit euch?

Hesiod und Euripides sind erschrocken - schnell, hektisch und nervös leiern sie Folgendes runter:

Hesiod
Diese Göttin vom besagten Tempel, wurde sie komplett gelöscht? Ausradiert? So schlimm waren wir doch nicht. Wir haben nur ein kleines Bisschen am femininen System manipuliert, rein grammatikalisch sozusagen. (*schmollend*).

Euripides
Das weibliche Sein ist das Symbol für das maskuline Haben! Sein oder Haben! Die Eigenschaften der Göttinnen haben wir einfach mit den männlichen Eigenschaften vermischt. Das Feminine ist nicht homogen wie bei den sterblichen Frauen. Sie ist jedoch chemisch rein.

Hesiod

...und wir haben lediglich ein paar grammatikalische Feinheiten geändert! Mehr nicht. Die Göttin existiert nicht mehr? Gelöscht? Auweia! Keine Frau Gott mehr? (*wehklagend*). Eine Sterbliche kann ihrer Lieblingsgöttin nicht mehr huldigen?

Euripides

Hesiod, alter Kumpel, das war doch abzusehen, oder nicht? Ho Theos und Hä Theos, das Hä fällt irgendwann weg. Welche Katastrophe! Oh Thea! Es gibt nur einen Theos. Dich hat man vergessen! (*wehklagend*)

Hesiod

Dr. Psycho-Radieschen ist schuld, nicht wir! Wegen ihm gab uns Theos diesen Auftrag. Wir haben nur unseren Job gemacht. Was machen wir nun? (*aufgeregt*)

Anonymos blinzelt amüsiert und lacht sich kaputt. Dann wird er ernst.

Anonymos

Ihr meint Dr. Freudich. Seine urkomische Theorie hat ihn weltbekannt gemacht.
(*gedankenverloren, mehr mit sich selbst redend*):
Die Ur-Angst vor den Frauen ist historisch tief verankert! (*lauter*):
Man behauptet, wir würden in einer fortschrittlichen Zeit leben. Haha! (*lacht sarkastisch*). Von wegen! Wenigstens liest man meine Bücher.

Euripides

THEA! OH THEA (*schreiend*).

Hesiod

Sei endlich still! Thea darf nicht alles erfahren!

Lautes Donnergetöse – bedrohlich klingend. Das Wasserrauschen wird lauter.

Euripides
Oh Schreck, das ist der wütende Theos! Wir verschwinden lieber - geschwind, fort von hier!

Hesiod
Quo vadis, mein Freund? Draußen versinkt die Menschheit in den Fluten! Anonymos, tu doch endlich was! Rette uns vor der göttlichen Wut.

Anonymos
(*Anonymos steht auf und packt hastig seinen Kram zusammen*)
Es ist Zeit für eine Odyssee.

Hesiod rafft seine Kleider und folgt dem fliehenden Euripides. Licht aus.

AKT 8
Letzter Akt

Anonymos, Theos, der wütende Mob; am Schluss: Theas Stimme.
Vor und auf der Bühne Wasserrauschen, kein Donnergetöse mehr.

Anonymos will sich gerade entfernen, seinen Text unterm Arm. Vor der Bühne sammelt sich ein Mob.

Mob, Stimme 1
Land in Sicht! Wir sind gerettet! *(jauchzend)*.

Mob, Stimme 2
Ich verdurste schon! Trotz Widrigkeiten hatten wir gemeinsam eine nette Zeit auf der Arche.

Der Mob *(wütend, mehrere laute Stimmen)*
Da ist der Übeltäter! *(auf Anonymos zeigend)*

Anonymos
ICH?

Der Mob *(wütend, mehrere laute Stimmen)*
Fangt ihn! Her mit ihm! Nieder mit seinen Ideen! Nieder! Er ist schuld! Unsere Werte sind im Keller! Verrat!

Anonymos
Bin ich euer Sündenbock? Was soll das?

Theos kommt auf die Bühne und beobachtet das Geschehen mit Sorge.

Anonymos *(er geht zu Theos)*
Theos, hilf mir! Ich komme hier nicht weg.

Theos

Selber schuld. Ich will nichts mehr von euch Sterblichen wissen. Dr. Räudi, Hesiod und Euripides haben alles versaut. Thea soll nur ein Symbol sein, ich muss wirklich lachen! Und du hast dich auch noch eingemischt.

Eine lustige Schelmerei wird verheerend missverstanden! Wäre ich doch nicht bei diesen Schreibern gelandet! Weil die paradiesische Erde zu ungemütlich geworden ist, möchten wir auswandern. WEIT WEG! Wo ist meine Thea? THEA, THEA (*laut rufend*).

Von wegen, sie sei die vergessene Hä Theo! (*wütend*). Sie ist Thea und sie bleibt meine Thea, die schönste Göttergattin aller Zeiten! (*laut*). Ohne sie läuft's nicht. Sie darf nach Lust und Laune lachen und weinen, so wie sie es wünscht. Sie kann sich jeden Tag neu in mich verlieben. Oh ja! SIE IST UNERSETZLICH!

Anonymos (*erinnert ihn*)
Die Lage ist ernst! Hilf mir, hier weg zu kommen!

Theos
Lauf zum Berg hinauf! (*zeigt auf dem Olymp*). Es wird aber sehr langweilig dort sein, es sei, du pflegst meine Pfirsichbäume. Ich steige gleich mit Thea in eine Weltraumkapsel. Wir müssen uns beeilen, nur die VIPs dürfen sich auf den Mars retten. Schaut zu, wie ihr dummen Menschen zurechtkommt!
THEAAAAAAAAA, wir müssen aus - ... aufbrechen!

Thea (*majestätisch, von fern, nicht sichtbar, deutlich hörbar*)
Lieber Theos. Ich habe mich für die Erde entschieden, hier bin ich entstanden und hier bleibe ich für immer, ich werde nicht flüchten. Ungern begleite ich die eigennützigen Reisenden zum Mars. Ich möchte nicht Homo Corruptis und die Mitglieder seines Konsortiums

begleiten, um neue Welten zu kolonialisieren. Schade, wenn du diesen Entschluss gefasst hast.

Theos (*verärgert, schreit teils vorwurfsvoll, teils wimmernd*)
Thea! Oh NEIIIIN! Theaaaaaaaaaaaaa, warte doch bitte!
(*Zum Publikum gewandt, erstaunt, Haare raufend*)
Thea, die Vernünftigere?

Theos und Anonymos verlassen eilig die Bühne. Jeder in eine andere Richtung und mit anderen Zielen. Der Mob steht perplex vor der Bühne. Buhrufe. Licht aus.

Ende

Kurzfassung

Nach ihrem Jugendroman „Riman und der wundersame Greif"
experimentiert Bassima Khoury mit anderen Formaten. Ihr neues
Werk „Frau Gott" ist ein Bühnenstück, das erzählt, wie die Göttin
ihren grammatikalischen Status unwiderbringlich verlor. Das ewige
Dilemma der Geschlechter wird auf amüsante Art angegangen.
Einige ihrer Figuren hat die Autorin der Antike entlehnt, ihre
Hauptfiguren sind Theos und Thea.

Theos ist schlecht gelaunt, die Thesen des Psychoanalytikers Dr.
Freudich haben ihn verärgert. Auch hat Theos die Nase voll von Eva
– Theas bester Freundin –, die ihm jenen Dr. vorgestellt hat. Wütend
geht der Macho zu seinen Schreibern in die Bibliothek. Aufgewühlt
gibt er ihnen den Auftrag, die Geschichte der Götter – genauer: der
Göttergatten – neu zu schreiben. Die Geschichte muss in seinem
Sinne überliefert werden! Sonst wird er die Schreiber verjagen und
sie können Ziegen hüten. Unter diesem Druck arbeiten die Schreiber
heftig, bis die Göttinnen ihre weiblichen Attribute verlieren. Es
beginnt das große Chaos ...

Zwischendurch taucht ein Fremder auf, der eine vergessene Göttin
aus der Versenkung retten will. Dramatisch wird es, als die Götter,
ob weiblich oder männlich, sich über die Texte der beiden Schreiber
erzürnen. Doch leider ist das Geschriebene schon in die Geschichte
der Menschen eingegangen. Zu spät, um die weltliche Lage zu retten!
Die Schreiber müssen fliehen, der Fremde wird von der gereizten
Volksmenge verfolgt. Gott ist eben maskulin! Theos, der Ruhe vor
der dummen Menschheit sucht, bucht für sich und für seine Liebsten
einen Flug zum Mars – nur die Mächtigen können sich, so heißt
es, dorthin retten. Doch Thea bleibt trotz aller Widrigkeiten dem
Planeten Erde treu.

Für Lektorat, Satz / Layout und Design danke ich Angelika, Frank und Ferial.